봄은 어디쯤 오고 있을까

그림 고순정

인천대학교에서 미술학을 전공하고 현재 프리랜서 일러스트레이터로 활동 중입니다. 심리감성, 전래동화, 판타지, 태교동화 등 다양한 장르의 책에 그림을 그렸습니다. 그린 책으로는 〈잠이 안 와〉, 〈우리 아이 행복하게 잠재우는 책〉, 〈똥 먹은 사과〉, 〈이야기로 보는 환경 지도책〉, 〈김점동 조선의 별이 된 최초의 여의사〉가 있습니다.

봄은 어디쯤 오고 있을까

글 고상한 그림책 연구소 그림 고순정

상상의집

봄은 어디쯤 오고 있을까?

Choice

준영이와 유진이는 한참 화분을 들여다보았어요.

"왜 싹이 나지 않을까?"

"봄이 아직 안 왔나 봐."

“빨리 봄이 왔으면 좋겠다.”

“나도. 모레 할머니 댁에 가기로 했는데…….”

준영이는 시골에는 봄이 왔을까 생각했어요.

"날씨가 제법 따뜻해졌네."

준영이 엄마는 카디건을 벗어 팔에 걸었지요.

“겨울 옷은 넣어 둬야지.”

준영이 엄마는 봄맞이 청소를 시작했어요.

멀리 유진이네 엄마도 겨울 이불을 널고 있어요.

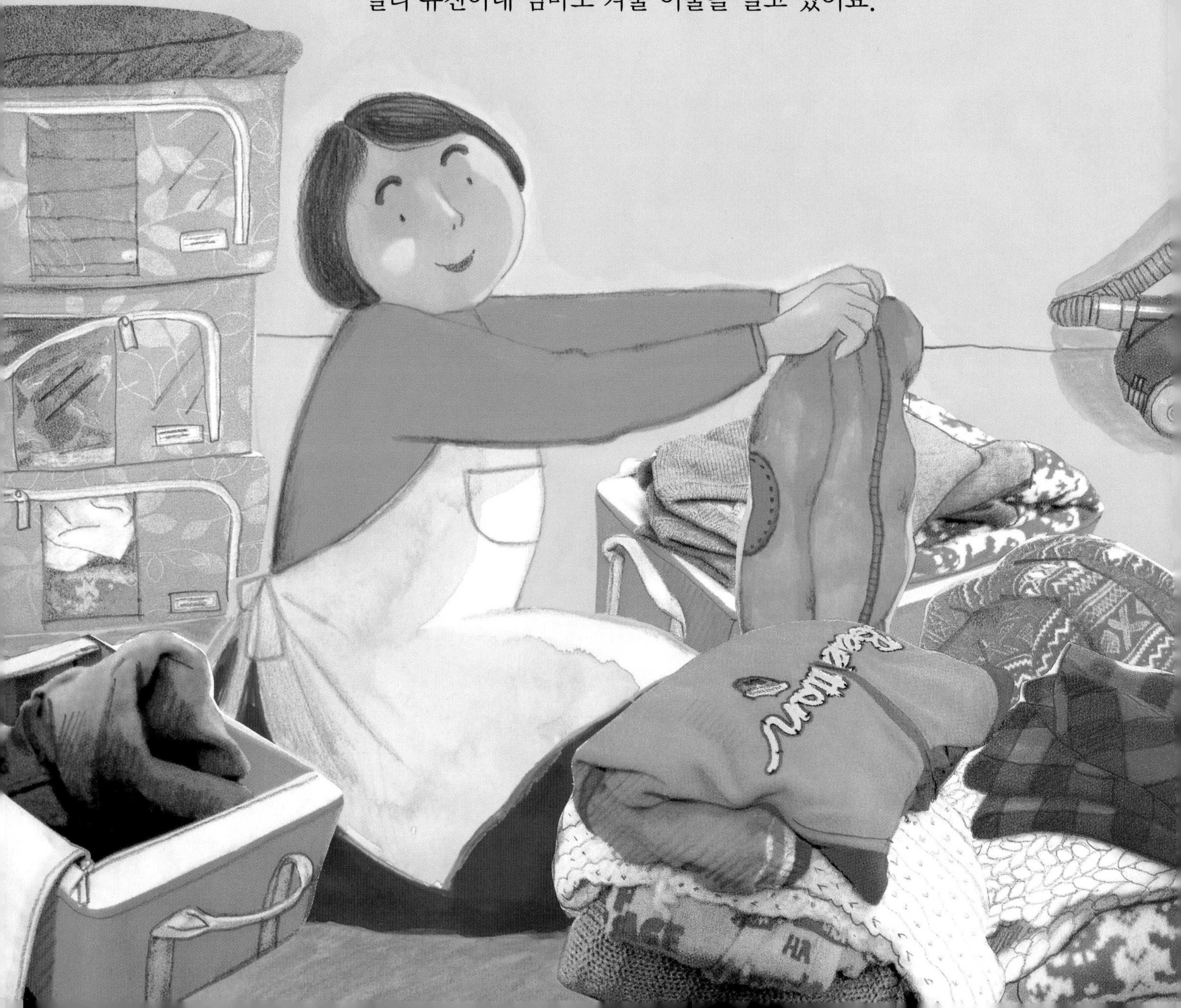

"날이 흐리네. 내일 수진이 소풍 가는 날인데."

유진이네 엄마는 이불을 널며 하늘을 내다봤어요.

봄옷을 차려입은 유치원 아이들이 싱글벙글 들떠 있어요.

오늘은 봄소풍을 가는 날이거든요.

소풍을 따라가는 엄마들도 하하호호 설레었지요.

무지개유치원

도시락을 먹는데 후두둑 비가 쏟아지기 시작했어요.
유진이네 엄마는 서둘러 전화기를 꺼냈지요.

"준영 엄마, 우리 유진이가 우산을 안 가져갔거든요."

"그렇지 않아도 학교 가는 길이에요.
제가 준영이와 함께 데려올게요."

텔레비전에서는 봄비 아래 일하던
농부 아저씨가 인터뷰를 하고 있어요.

SBM
개인

"강 씨, 저기 강 씨 나오네!"

시골에서는 강 씨 아저씨가 텔레비전에 나온 일로 시끌벅적했어요.

"아이고, 비설거지를 안 해 놓았네."

준영이 할머니가 걱정스런 목소리로 말했어요.

다음 날은 반짝 해가 났어요.

"어제는 그리 비가 오더니."

"봄 날씨가 원래 변덕스럽지유."

쑥과 냉이를 캐던 준영이 할머니가 하늘을 올려다보았어요.

냉이

두릅

“노들강변 봄버들 휘휘 늘어진 가지에다.”

준영이 할머니의 노랫소리가 언덕을 넘실댔어요.

“뭐가 그리 신나요?”

“이따 우리 손주 녀석이 오거든.”

봄나물을 캐는 준영이 할머니의 손길이 바빠졌어요.

준영이는 상큼한 봄 내음을 들이마셨어요.

"할머니가 옷을 마음에 들어 하실까요?"

"그러게 말이다. 또 아낀다며 안 입으실까 걱정이야."

할머니가 봄옷을 꼭 마음에 들어 하셨으면 좋겠어요.

"할머니!"

준영이는 얼른 마당으로 뛰어 들어갔어요.

"왈왈!"

할머니 대신 복돌이가 준영이를 맞이했어요.

11

멀리 길모퉁이를 돌아오는 할머니가 보여요.

"할머니!"

"아이고 내 강아지 왔구나!"

할머니는 바구니를 휘저으며 발걸음을 빨리하셨지요.

나비
강아지풀
벌
달팽이
애기똥풀
개망초

어느새 봄이 바짝 다가와 있어요.

벌써 하얗게 보송한 씨앗을 피운 민들레도 있네요.
준영이는 '후.'하고 민들레 꽃씨를 불었어요.

준영이는 민들레 한 포기를 화분에 담았어요.
유진이에게 보여 주고 싶었거든요.

"이거 봐, 봄꽃이야."

"내 화분에도 싹이 났어."

유진이의 화분에도 작은 싹이 돋아나 있어요.

"와! 정말 봄이네!"

둘의 얼굴에 웃음꽃이 활짝 피었어요.

생각 톡

★ 봄을 맞이해요

봄이 오면 겨우내 묵은 먼지를 털어 내고 봄맞이 청소를 합니다. 청소 도구와 청소하기 편한 옷차림을 해요. 먼저 창문을 열고 먼지를 떨어요. 쓰레기를 줍고 빗자루로 바닥을 쓴 다음 걸레로 닦지요. 청소 도구를 다시 정리하면 봄맞이 청소 끝!

★ 봄나들이를 떠나요!

봄나들이를 가서 지켜야 할 일을 생각해 봐요. 봄을 느끼려고 떠나서 자연을 더럽혀서는 안 되겠지요? 잔디밭에 들어가고 예쁜 꽃을 꺾으면 다른 사람들이 봄을 즐길 수 없겠지요. 봄나들이 장소에 쓰레기가 널려 있으면 보는 사람이 기분이 좋지 않을 거예요. 쓰레기는 쓰레기통에 버리거나 봉지에 담아 집으로 가져오도록 해요. 봄나들이 음식은 한 번 쓰고 버리는 일회용품이 아니라 여러 번 쓸 수 있는 그릇에 담는 것이 좋아요.

★ 봄을 느껴요

봄 풍경을 살펴보세요. 봄은 어떤 빛깔인가요? 분홍, 노랑, 흰색의 꽃들이 피어나고 연두색 새순이 돋았어요. 땅 위에서는 아지랑이가 피고 얼었던 시내가 녹아 물 흐르는 소리가 들리지요. 땅이 녹아 질척거리기도 해요. 봄에 볼 수 있는 꽃과 나무, 작은 생명들을 찾아보아요.

봄에 피는 꽃과 나무

진달래

진분홍색 진달래는 이른 봄에 피어요. 양지바른 곳에 주로 피어요. 단맛이 나고 독성이 없어서 옛날에는 화전을 부쳐 먹기도 했지요.

개나리

이른 봄에 노란색 꽃이 피는 개나리는 잎보다 꽃이 먼저 피지요. 개나리가 핀 것을 보면 가장 먼저 봄이 온 것을 느낄 수 있어요.

목련

크고 하얀 목련 꽃봉오리가 활짝 피면 목련 나무 주변이 환하지요. 목련도 개나리처럼 잎보다 꽃이 먼저 피어요. 하얀색 꽃이 피는 목련 나무도 있고, 자주색 꽃이 피는 나무도 있답니다.

민들레

길가나 화단에서 자주 볼 수 있는 민들레는 밑동에서 잎이 옆으로 퍼지면서 나지요. 노란색 꽃이 피는데 한 송이처럼 보이지만 자세히 보면 여러 개의 꽃으로 이루어져 있답니다. 꽃이 지고 나면 하얀 솜털이 남아 바람이 불면 씨앗을 멀리 날려 보내지요.

벚나무

분홍색과 연분홍색으로 피는 벚나무는 키가 큰 나무예요. 초봄에 꽃이 피면 많은 사람들이 벚꽃을 구경하러 가지요. 바람이 불면 날리는 벚꽃도 장관이랍니다.

유채꽃

따뜻한 지방에서 주로 자라는 유채도 노란색 꽃이에요. 배추꽃과 비슷하게 생겼지요. 1m 전후의 높이로 자란답니다.

철쭉

진달래와 비슷하게 생겼지만 다른 꽃이에요. 진달래보다 색이 더 짙고 잎이 가늘어요. 또 음지에서 주로 핀답니다. 철쭉은 독성이 있으니 조심해야 해요.

★ 씨앗이 자라요

잠을 자고 있는 씨앗은 알맞은 땅과 온도, 물기를 만나면 싹을 틔워요. 식물이 싹이 트고 자라서 꽃을 피우고 열매를 맺어 다시 씨를 만들기까지의 과정을 '식물의 한살이'라고 합니다. 단단한 껍질에 싸여 있는 씨앗은 온도가 높거나 낮아도 잘 견뎌 내요. 그러다 적당한 시기가 오면 싹을 틔우지요. 씨앗은 스스로 언제 깨어나야 하는지 잘 알고 있어요.

씨앗의 한살이를 관찰해 볼까요? 잠을 자고 있는 씨앗을 땅에 심으면 뿌리를 내리고 싹을 틔우지요. 충분한 물과 영양분, 햇빛이 있으면 점점 크게 자라며 줄기와 잎을 만들어요. 꽃을 피운 식물은 수정되어 열매가 생기지요. 열매 속에는 새로운 시작을 위한 씨앗이 숨어 있어요.

강낭콩의 한살이

① 강낭콩 씨앗을 심는다.

② 싹이 튼다.

③ 두 장의 떡잎이 나온다.

④ 떡잎 사이 본잎이 나온다.

⑤ 잎과 줄기가 자라고 잎이 많아진다.

⑥ 꽃이 핀다.

⑦ 꽃이 지고 꼬투리가 맺힌다.

⑧ 꼬투리에서 강낭콩이 나온다.

봄은 어디쯤 오고 있을까

글 고상한 그림책 연구소 | **그림** 고순정
펴낸날 2022년 2월 15일 개정판 1쇄
펴낸이 김상수 | **기획 · 편집** 이성령, 권정화, 조유진 | **디자인** 문정선, 조은영 | **영업 · 마케팅** 황형석, 임혜은
펴낸곳 루크하우스 | **주소** 서울시 서초구 사임당로 50 해양빌딩 504호 | **전화** 02)468-5057 | **팩스** 02)468-5051
출판등록 2010년 12월 15일 제2010-59호

www.lukhouse.com
cafe.naver.com/lukhouse

ISBN 979-11-5568-498-6 64800
ISBN 979-11-5568-496-2 (세트)

※ 잘못된 책은 구입처에서 바꾸어 드립니다.
※ 값은 뒤표지에 있습니다.

상상의집